This book belongs to:

Este libro pertenece a:

_____

Long live friendship and love throughout the world!
Dedicado a todos los niños del mundo

Title: Clavito the porcupine
Subtitle: Clavito, el puercoespín
Authored by: © Andrea Paz and Claudia Paz
Designed and Illustrated by: © Andrea Paz
Translated by © Mario Montag
Edited by: © Marya Jansen-Gruber

ISBN-13: 978-1453804537 / ISBN-10: 1453804536
Reading Level: 2 to 7 year olds
Published by:Abraka Books LLC
www.abrakabooks.com

A similar Spanish only version was first published in Peru by Grupo Editorial Norma

To purchase the Spanish songs that go with the book, go to abrakabooks.com, Amazon.com or iTunes.

About the authors: Andrea, Claudia, and Cristobal Paz Medrano are three siblings who work together creating children's literature and music. They combine their unique artistic abilities to write, draw, and record musical stories for children. They have performed, produced, and directed their theatrical performances with acclaimed success throughout Peru. Andrea is also a graphic designer, Claudia is also an elementary school teacher, and Cristobal is a sound engineer. All three live in Lima, Peru.

Published Musical Children's Books:
"Clavito, el puercoespín", (Editorial Hemisferio 2001, Editorial Norma 2008)
"Clavito y el Xilófono Mágico"(Editorial Hemisferio 2003),
"Chimoc, el perro calato" (Editorial Norma 2006),
"¡Feliz Cumpleaños!, Pollito" (Editorial Norma 2007),
"Feliz Navidad, Chimoc"(Editorial Norma 2007)
"Conejo, todo para Conejo" (Editorial Norma 2008).
"El travieso Cuy" (Editorial Norma 2009)
"La Cabrita comilona" (Editorial Norma 2010)
"Chimoc en Machu Picchu" (Editorial Norma 2011)

Musical Collections:
Cuentos del ABC. 14 vol. Editorial Septiembre.
"1,2,tren". 10 vol. Editorial Septiembre.
"Cosas Jocosas" 10 vol. Editorial Septiembre.

Non Musical Children's Books:
"Chimoc en la Selva" (Editorial Norma 2010)

Encyclopedias:
Los Peruguntones. Editorial Planeta.
Los Peruguntones Incas. editorial Planeta

Novels:
Tutunki. Andrea Paz. Editorial Norma.
Florencia. Claudia Paz. Editorial Norma.
Ya no llores cocodrilo. Editorial Norma.

www.los hermanospaz.com
www.chimoc.com

Have fun with the lyrics
in spanish of Clavito!

*Diviértete con las canciones
de Clavito en español.*

Andrea & Claudia Paz

Clavito
the porcupine

Clavito, el puercoespín

Clavito the porcupine lived at the bottom of a tall hill with four other animals. There was Mrs. Hen (who had one egg), Goat (who ate anything),

Clavito vivía detrás de una colina junto a estos cuatro animalitos: La Gallina con su huevo, la Cabra comilona,

Rabbit (who loved to jump), and Guinea Pig (who wore glasses because he couldn't see very well).

el Conejo saltarín y el travieso Cuy (que por cierto, no veía muy bien y por eso usaba anteojos).

One day Mrs. Hen invited Clavito to her charming house for cookies and tea.
Clavito, feeling very content, sat in Mrs. Hens' cosy armchair enjoying delicious cookies and tea served with lemon and honey.

Un día, la Señora Gallina invitó a Clavito a tomar té en su linda casita. Clavito, muy contento y perfumado, se sentó en el acogedor sillón de la Gallina, mientras esta le servía galletas y té con miel y limón.

As he sat there, Clavito's sharp quills made big holes in Hen's soft armchair.
What a mess his quills made! Hen was very upset, and she asked Clavito to leave her house.

Pero, sin darse cuenta, Clavito perforó el suave sillón de la Gallina con sus púas, ¡qué desastre!
La Gallina, muy molesta, le pidió a Clavito que se fuera de su casa, pues con sus púas también podría quebrar su querido huevito.

One afternoon, Rabbit had an amazing balloon party.

Una tarde, el Conejo saltarín organizó una linda fiesta decorada con globos de todos los colores.

Surrounded by balloons of every color, all of Rabbit's guests had a great time dancing to the beat of wonderful music.

Todos los invitados bailaban muy animados al ritmo de la alegre música.

Then suddenly... Pop! POP! POP! All of the party balloons popped.

Pero de pronto... ¡PIC!, ¡POF!, ¡PUM!, ¡PAF!, ¡se reventaron todos los globos de la fiesta!

What had happened? Poor Clavito had accidentally popped the balloons as he joyfully danced around.

¿Qué pasó? Pues que Clavito, de tanto bailar, reventó sin querer todos los globos con púas.

A few days later hungry Goat went looking for something to eat.

Hmmmmmmmm! Yummy!
I think I see some hay over there.
I better get over there before
someone beats me to it.

*Otro día, la Cabrita salió
muy hambrienta en busca de
comida...*

*-¡Mmmh!¡Qué rico!, ¡me
parece ver paja por ahí! Iré
corriendo a comérmela antes
de que alguien me gane-. Dijo.*

*Pero la pobre Cabrita
comilona, no sabía lo que le
esperaba.*

"Ouuuchhhhh!" cried Goat! What had looked like hay turned out to be Clavito's sharp quills, which poked Goat in the mouth.

¡AUCH!- gritó la Cabrita. No era paja lo que ella había visto, sino las púas de Clavito que le pincharon el hocico.

One beautiful morning, the naughty Guinea Pig went outside in his summery outfit to lie in the sun.

Una linda mañana el Cuy salió muy veraniego a tomar baños de sol, pero en vez de ponerse sus anteojos de medida, se puso unos lentes oscuros a toda moda.

Instead of wearing his regular glasses, he decided to wear his cool looking sun glasses. Not being able to see well Guinea Pig happily lay down on what he thought was a soft couch and…

Cuando el Cuy vio a Clavito, creyó que se trataba de un cómodo sillón, que seguramente alguien había dejado olvidado. ¿Adivinan lo que pasó?

"Ouchhhhhhhhh!!!!!" screamed Guinea Pig. He should have worn his regular glasses because then he would have seen that what he thought was a sofa was actually Clavito!

-¡Auch!- gritó el Cuy, que por travieso y por no usar sus lentes de medida, se fue sentar encima de Clavito y ¡se dio un tremendo pinchazo en la colita!

Poor Guinea Pig was not able to sit down for days!!!

¡El pobre Cuy no se pudo sentar en varios días!

All of the animals were very angry with Clavito and his annoying quills. They told him to go away. Far far away.

Todos los animales ya estaban hartos de Clavito y de sus fastidiosas púas. Así que decidieron decirle que se vaya lejos, muy lejos, donde nadie pudiera encontrarlo.

Clavito gathered all of his belongings and he sadly walked away. He needed to find a new place to live where he would not be a nuisance to anyone.

Clavito cogió todas sus cosas y se fue muy triste, caminó y caminó, buscando algún lugar a donde pode vivir sin molestar a nadie.

Meanwhile, something was happening at Mrs. Hens' house. The egg broke and Chick started to hatch.

Mientras tanto, algo sucedía en casa de la señora Gallina.
El huevo se rompió y por fin nació su Pollito.

Unknown to Mrs. Hen, Chicken left the house and noticed Clavito sadly walking away.

Sin que la Gallina se diera cuenta, el Pollito se escapó de su casa. Fue ahí cuando vio a Clavito caminar tristemente.

Clavito walked so far that he reached the top of the hill. When it was night, he was soothed by the moonlight and the beautiful sounds that filled the air.

Clavito caminó tanto que llegó a la cima de la colina. Cuando cayó la noche, se consoló con la luz de la luna y con el cantar de las estrellas.

What Clavito did not know is that he was not alone.
Someone was watching him. Who could it be?

Pero alguien lo estaba observando.
¿Quién podría ser?

"Heeeeeeeeeeeeeeeeeeelp! Please! Heeeeeeeeeelp!" screamed Chick.

He had fallen into the lake and he couldn't swim. Who could save him? None of the other animals knew how to swim.

Al día siguiente, todos se despertaron por un tremendo escándalo...
"¡Auxilio! ¡Auxilio!", gritaba el Pollito, que por travieso se había
caído a la laguna.¡Qué nervios! ¡El Pollito se estaba ahogando!
¿Quién lo salvaría? Ninguno de los animales sabía nadar.

Clavito heard Chick screaming
and ran towards the lake to help.
Meanwhile, Mrs. Hen was anxiously standing
by the shore of the lake!!!

Clavito wanted to save Chick,
but he didn't know how to swim either.
Suddenly, Clavito had a great idea.
He pulled out one of his large quills and
held it out for Chick to hold on to.

*Clavito, también había oído los gritos, fue
corriendo a ayudar al Pollito. Mientras
tanto, la mamá Gallina miraba preocupada
desde la orilla.*

*¡FIUF! Felizmente a Clavito se le ocurrió
sacarse una de sus púas para que el Pollito
se coja de ella y así poder rescatarlo.*

Chick was all wet, but he was happy to be safe and on solid ground! Mrs. Hen and the Chick were very grateful and said "Thank you!" to Clavito.

El Pollito salió muy mojado, pero feliz de estar sano y salvo. La Gallina y el Pollito le dieron las gracias a Clavito.

All of Clavito's old neighbors realized that underneath all the prickly quills, Clavito had a heart filled with love for everyone. Later that day, the other animals threw a big party in Clavito's honor (but just in case, they used flowers instead of balloons). Clavito was now a hero!

Todos los animalitos comprendieron que Clavito era bueno y que, a pesar de las púas, tenía un gran corazón. Esa misma tarde hicieron una fiesta en su honor. (Solo que esta vez, en vez de usar globos, usaron flores). Clavito se había convertido en el héroe de la Colina.

Ever since that day, Mrs. Hen, the binge eating Goat, the jumping Rabbit, the naughty Guinea Pig, and our dear friend Clavito always enjoyed each other's company dancing under the sun and singing under the moon.

Desde ese día todos: la mamá Gallina, el Pollito, el travieso Cuy,
el Conejo saltarín, la Cabra comilona y nuestro amigo Clavito,
siempre se divierten bailando bajo el Sol y cantando bajo la Luna.

Do you know anything about porcupines?

¿Quiénes son los puercoespines?

As you can see from these pictures, there are different kinds of porcupines. They come from different countries around the world.

Hay diferentes razas de puercoespines. Esto es porque vienen de diferentes partes del mundo, pero a todos les encanta vivir en lugares donde hay árboles como los bosques y la selva.

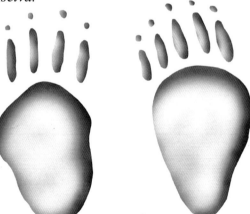

These are what porcupine foot prints look like.

Estas son las huellas de un puercoespín.

Porcupines are large rodents and their bodies are covered with long quills that measure up to 12 inches (30 centimeters) long.

Los puercoespines son roedores y aunque su cuerpo está cubierto de púas, son inofensivos. Sus púas pueden medir más de 30cm de largo!

Les gusta la noche. Viven en madrigueras que excavan ellos mismos.

They are mostly nocturnal, which means they are awake at night instead of the day. Porcupines live in holes that they dig underground.

These rodents eat fruit, leaves, sticks, bark, and roots.

Estos roedores se alimentan de raíces y frutos.

Porcupines eat very well. They are robust and can weigh up 35 pounds

Los puercoespines comen muy bien, por eso son robustos y pueden pesar hasta 27 kilos.

Made in the USA
Lexington, KY
27 January 2014